L'ART DU CAVALIER,

POÈME EN QUATRE CHANTS,

Par M. Abel LEBLANC.

Paris,

IMPRIMERIE D'ÉDOUARD PROUX, ET COMP.,

Rue Neuve-des-Bons-Enfans, n° 3.

1836

L'ART DU CAVALIER.

CHANT PREMIER.

Je chante les combats : je dirai quels travaux
Entreprend le soldat déjà sous les drapeaux;
Je peindrai ses devoirs, et le dur exercice
Dont il doit s'acquitter lorsqu'il est au service ;
Et le coursier fougueux qui, fier et plein d'ardeur,
Emporte un cavalier dans les champs de l'honneur.

Muse, redis-moi donc quel talent nécessaire
Doit avoir un conscrit pour faire un militaire :
Surtout, conduis ses pas dans les sentiers glissans.
Chaque pays fournit des soldats différens :
Tel est né fantassin sur les rives du Rhône,
Tel autre cavalier aux bords de la Garonne;
Le courage et le goût font seuls de bons soldats.
En vain un cavalier, dans le champ des combats ,
Prétend graver son nom au temple de mémoire ,
Et recevoir le prix des mains de la Victoire;
Si dès ses jeunes ans il ne porte en son cœur
L'amour de son pays et celui de l'honneur,
Et s'il n'a point reçu des mains de la nature
Le don de supporter et le froid et la dure,
Apollon, toujours lent à donner ses lauriers,
Refuse de l'admettre au nombre des guerriers.
Tout homme cependant peut faire un militaire;
Mais dans le dur métier des armes, de la guerre,
Bellone et ses faveurs tous ne peuvent briguer.
Cependant il en est : c'est à les distinguer
Que doit donner ses soins le chef d'un régiment,
Et surtout de pourvoir à leur avancement.
Souvent fut bon soldat, celui là, né d'un père

Dont l'état glorieux fut celui de la guerre ;
Dans les champs de combats il cherche à l'imiter :
Et celui qu'aucun frein ne pourait arrêter,
Qui de parens aisés dont il faisait les charmes
A fui des soins si doux pour le fracas des armes.
Un cœur vif et bouillant doit faire un bon soldat.
Ceux-là devront un jour briller avec éclat.
Qu'ils viennent, dans les rangs d'une armée aguerrie,
Apprendre en combattant à servir la patrie.
Déjà je vois pour eux s'ouvrir le champ d'honneur,
Et la croix sur leur sein pour prix de leur valeur ;
Mais avant d'arriver aux pompes de la gloire,
Qu'ils sachent quel chemin conduit à la victoire,
Comment on doit soigner le vigoureux coursier
Qui doit les transporter dans cet heureux sentier.

On donne en arrivant aux soldats de recrues
La brosse aux poils serrés, l'étrille aux dents aiguës,
Effets dont il se sert pour panser son cheval :
Sitôt après avoir relevé le frontal,
Il saisit son étrille, et d'une main légère
Du dos de l'animal fait voler la poussière :
Un bouchon bien mouillé, façonné tout exprès,
Est l'ustensile urgent dont il se sert après ;
Il frotte aux paturons qui, sujets aux crevasses,
Des jambes du cheval sont les plus tendres places :
Lorsqu'il s'en est servi, vient la brosse à son tour,
Qu'il la passe avec soin dans le moindre contour :
Car en lissant le poil elle ôte la poussière.
Il peigne après la tête et surtout la crinière,
La queue et le toupet : il a soin d'arranger
Tous les endroits à crins, de les bien éponger.
La santé du cheval est dans un bon pansage.
De vos soins, ô conscrits ! c'est là le moindre ouvrage ;
Pardonnez cependant à mes faibles crayons
D'oser, si jeune encor, vous tracer des leçons ;
J'en ai besoin moi-même, et l'état militaire
Est un art où j'écris en suivant la carrière.
Sachez comment la rouille, aux dents qui rongent tout,
Disparaît sous vos doigts, comme on en vient à bout :
Pour dérouiller l'acier, qu'un grès dur et solide
Soit par vous écrasé, puis d'un bras intrépide,
Vous frottez sur le fer afin de l'eclaircir ;
Aussi de l'émeri sachez bien vous servir.
Le tripoli mouillé dans une eau claire et pure
Donne au cuivre un éclat semblable à la dorure

La cire au noir vernis doit s'étendre avec art,
De la giberne elle est le brillant et le fard.
Le blanc mis avec soin sur les buffleteries,
Doit faire ressortir toutes les cuivreries ;
On voit avec plaisir sur de beaux fournimens
Des cuivres bien polis et de beaux agrémens.
Attachez-vous toujours à la selle et la bride,
A tous les ornemens du coursier intrépide ;
Vous devez leur donner en tout temps un grand soin,
Que vos harnais jamais ne soient dans le besoin.
Chez vous la propreté doit être une habitude,
Un goût bien naturel, faites-en votre étude ;
Mais surtout gardez-vous de faire aucun excès,
De la mollesse aussi fuyez tous les attraits ;
Plus dangereux qu'un feu qui brûle et qui s'enflamme,
Evitez avec soin qu'elle entre dans votre ame.
Un soldat au travail doit toujours s'attacher,
L'œuvre partout le suit quand il veut la chercher ;
Et lorsqu'il veut finir, il trouve encore à faire.
Ainsi le veut le sort de l'état militaire.
Modérez cependant les généreux transports
Qui d'un jeune soldat sont les premiers efforts ;
Sans vous laisser aller à de douces amorces,
Consultez avant tout et votre âge et vos forces.
Souvent un jeune cœur, se laissant emporter,
Prend un rapide élan sans vouloir s'arrêter ;
Mais bientôt épuisé, sans franchir la barrière,
Il reste sur l'arène et finit sa carrière.
Pour le champ des combats conservez votre ardeur,
Et sachez distinguer le juste point d'honneur :
Il ne consiste point en rixes éternelles :
Au contraire avec soin évitez les querelles,
Toutefois sans pourtant vous laisser insulter,
Mais autant que possible il faut les éviter.
Seulement à son prince ainsi qu'à sa patrie
Un soldat doit donner et son sang et sa vie.
Obéissez aux chefs qui sont soumis aux lois :
Portez-leur le respect qu'on doit à leurs emplois.
Ayez même pour eux un peu de prévenance,
Sur votre destinée ils ont quelque influence :
Des flatteurs cependant fuyez les vains discours,
Un soldat est loyal et parle sans détours.
Vous savez avant tout que passe le service.
A vos devoirs soumis, chérissez la justice ;
Ne contestez jamais avec vos supérieurs :
Ayez toujours présent qu'étant leurs inférieurs,

De Thémis à la main eussiez-vous la balance,
Pour eux ils ont la force ainsi que la puissance;
Et dans tous les états tel est l'arrêt du sort,
Que ce fut au plus faible à qui l'on donne tort,
Mais principalement dans le métier des armes.
S'il a de la disgrace, il a pourtant ses charmes.
Demandez au conscrit qui vient de s'engager,
Avec le sort des grands s'il voudrait échanger ?
Au cavalier vieilli sur le champ de bataille,
Qui, sans cesse entouré des feux, de la mitraille,
Va, court le sabre en main, dans les champs de l'honneur,
Porter des coups mortels et montrer sa valeur.
Son cœur est satisfait, et, fort de sa puissance,
Il préfère son rang aux grands, à l'opulence.
Déjà la Renommée, annonçant ses exploits,
Va redire son nom chez le peuple et les rois ;
Mnémosine l'admet au temple de mémoire,
Triomphant et couvert des palmes de la gloire.

CHANT SECOND.

Pour le champ des combats le coursier est dompté.
C'est alors qu'il sait joindre à la rapidité
Un généreux courage, une ardeur étonnante ;
Et souvent dans les rangs y porter l'épouvante.
Il suit l'homme à la guerre et dans les champs de Mars.
Toujours il marche en ordre et suit ses étendards :
Compagnon des revers, des succès de son maître,
Il sait, en un instant, voler et disparaître ;
Souvent, par son adresse et par de feints détours,
Lui conserver la vie au péril de ses jours.
Entend-il résonner la trompette guerrière ;
Aussitôt on le voit, levant sa tête altière,
Élever les genoux et ployer les jarrets,
Du pied battre la terre et fouler les guérets,
Attendant, pour partir ou courir dans la plaine,
Ou qu'on presse ses flancs ou qu'on ouvre l'arène :
On voit sortir le feu de ses naseaux fumans,
Palpiter de chaleur ses membres écumans ;
Souvent même il seconde, en sa course rapide,
Le courage et l'ardeur de son maître intrépide.
Ni le fer, ni la mort ne peuvent l'arrêter ;
Car il voit le péril et le sait affronter ;
Et dans les bataillons où son ardeur l'engage,
S'élance sur le fer au milieu du carnage.
S'il voit couler son sang, par un dernier effort
il apprend au guerrier à mépriser la mort,
Et succombant enfin, mais au milieu des armes,
La mort même à ses yeux semble avoir quelques charmes.
S'il voit le cavalier qu'il porte avec orgueil,
Tomber d'un coup mortel et descendre au cercueil,
Il regarde la terre, et, d'un œil de tristesse,

Va porter en tous lieux le chagrin qui l'oppresse;
Et par de longs soupirs, au défaut de ses pleurs,
Sait même en gémissant exprimer ses douleurs.
Tous nos soins lui sont dus : trop heureux le guerrier
Qui peut reconsoler un semblable coursier.
En chevaux excellens pour bien monter l'armée,
Ayez soin de choisir une race estimée.
Pour gravir les rochers, descendre les ravins,
On préfère toujours les petits limousins.
On prend avec succès des chevaux en Bretagne
Pour traîner au combat les pièces de campagne.
Les normands sont donnés aux légers canonniers;
Ils peuvent cependant monter nos cuirassiers :
Et sur ces bords charmans où de gras pâturages
Croissent, pour les nourrir, parmi des marécages
Que baigne le Coësnon, pour le champ des hasards,
On éleva souvent des coursiers aux housards.
Les chevaux que l'on prend dans une autre puissance
Sont quelquefois meilleurs que ceux qu'on trouve en France.
Allez donc en remonte au pays étranger.
Le cavalier français se plaît à voyager.
Pour être bien monté l'on fait des sacrifices.
Choisissez des chevaux à chaque arme propices.
Qu'ils soient lourds et pesans pour les gros cuirassiers :
Un peu plus élevés pour les hauts grenadiers.
Que celui du dragon soit d'une moindre taille;
Bien plus petit encore du chasseur qui tiraille;
Mais à l'housard surtout, qui charge en fourrageur,
Sont donnés les chevaux de la moindre grandeur.
Aux coursiers destinés aux travaux militaires,
Ayez soin de donner des leçons nécessaires.
A de bons cavaliers donnez-les à dresser;
Commandez-leur surtout de les bien commencer :
Au cheval non dompté, mais de belle structure,
On fait facilement prendre une bonne allure;
On estime dans lui la douceur de son trot,
Et, lorsqu'il est lancé, la beauté du galop.
Que le cheval, souvent sujet aux maladies,
Soit conduit aussitôt dans les infirmeries :
Le cavalier soigneux, à ce fier animal
Va porter chaque jour le remède à son mal,
Et chercher les moyens de le rendre traitable,
Fût-il même attaqué d'un mal presque incurable :
Plus son mal s'accroît et paraît dangereux,
Plus il doit envers lui se montrer généreux.
Dans le choix du cheval, connaissez-vous à l'âge.

C'est dans un cavalier un bien grand avantage ;
Ouvrez-lui donc la bouche, et regardez aux dents.
Il est dans sa vigueur depuis six à dix ans ;
Il cesse de marquer dans sa neuvième année :
La dent, qui jusqu'alors avait été creusée,
Commence à se remplir ; et celle du dessus
S'égale à l'autre enfin dès qu'il ne marque plus.
Dans un jeune cheval il est plus de ressource :
Plus solide sous lui, plus rapide en sa course,
Il se montre toujours plus facile à dompter.
Le principal alors est de le bien monter.
D'abord, pour le connaître, il faut de l'habitude.
Consultez donc ses goûts, faites-en votre étude ;
Réprimez ses défauts, flattez ses qualités ;
Qu'il obéisse enfin aux moindres volontés ;
Mais s'il est vicieux, domptez son caractère,
Tantôt par la douceur ou le moyen contraire ;
Car son plus grand défaut est lorsqu'il est rétif.
Apprenez-lui d'abord qu'il est votre captif.
Remuez-le souvent, et faites-lui connaître
Que vous le commandez, que vous êtes son maître ;
Que, soumis à vos lois, il doit vous obéir.
Les moyens les plus sûrs sont, pour y parvenir,
De suivre les leçons que sans cesse on pratique
Pour former le soldat dans un cercle classique ;
Et tantôt fantassin, et tantôt cavalier,
Cultiver avec soin des armes le métier.
Le cercle vous attend, déjà la chambrière
Sous les pas du cheval fait voler la poussière.
Attentif aux leçons que donne l'instructeur
Qui sait vous aplanir les sentiers de l'honneur,
Apprenez par ses soins le grand art nécessaire,
Qui, pour les champs de Mars, fait le bon militaire.

CHANT TROISIÈME.

Aux accens de Bellone accourez, nourrissons,
De l'art qu'elle enseigna pratiquer les leçons.
On apprend au conscrit, aussitôt qu'il commence,
A saisir en marchant le pas et sa cadence ;
Puis ensuite à porter, en des temps presque égaux,
L'arme dont il se sert pour ses premiers travaux.
La main gauche au premier, près de la capucine,
Sous la droite en un temps saisit la carabine,
Sous la sous-garde après la droite se montrant,
Pour l'autre est le signal de rentrer dans le rang.
Lorsque vous manœuvrez, donnez-vous de l'aisance,
Ne balancez jamais ; mais avec assurance,
En quatre mouvemens, placez votre arme au bras.
Agissez sans lenteur, et ne vous pressez pas.
Au premier, par vos soins, que l'arme détachée
Soit, en rasant le corps, à l'épaule approchée ;
Sous le chien, le bras gauche après vient se placer,
Et le droit dans le rang qui va se reposer.
L'arme, de votre corps à six pouces distante,
Est portée en avant sitôt qu'on la présente.
Après avoir appris les premiers manîmens,
Sachez aussi charger en dix-huit mouvemens.
Au premier élevée, au second abattue,
Que l'arme dans vos mains soit toujours maintenue ;
Devant le couvre-feu que le doigt, se plaçant,
Au commandement fait puisse ouvrir en poussant ;
La main droite aussitôt va du porte-cartouche,
Tirer le nitre fin, le porter à la bouche ;
Déchirez le papier, puis ensuite amorcez ;
Après le couvre-feu qu'enfin vous replacez :
L'arme à gauche en deux temps est aussitôt passée.

Dans le canon la poudre est bientôt enfoncée.
Pour tirer la baguette, agissez promptement,
Et d'un coup répété bourrez distinctement ;
Enfin, remettez-la près de la capucine ;
Le mouvement fini, portez la carabine.
Jamais de vous presser ne sentez le besoin.
Au commandement *Joue*, ajustez avec soin ;
Mais à celui de *Feu*, tirant sur la détente,
Que le plomb renfermé réponde à votre attente ;
Et que le nitre enfin, aussitôt s'enflammant,
Chasse au loin le métal et sorte en détonnant.
Pour apprendre au conscrit du cheval la manœuvre,
Par le bon instructeur que tout soit mis en œuvre.
Qu'à le rendre solide à la position,
Il s'attache surtout avec attention.
Qu'en six leçons d'abord, l'instruction primaire
Soit donnée avec soin au jeune militaire ;
Car le point principal est de bien commencer.
Que devant son cheval il sache se placer :
Le corps droit, la main gauche engagée en la rêne :
Après un demi-tour à gauche, mais sans gêne,
Il passe le bridon sur le cou du cheval ;
Par deux pas il fait face au flanc de l'animal :
La main sur le garrot avec force appuyée,
De la gauche les crins sont saisis à poignée ;
Puis s'élançant enfin avec célérité,
A se placer en selle avec légèreté
Il doit donner d'abord ses soins et son étude.
A monter lestement il se fait habitude ;
Mais que sur le cheval il se rende pesant,
Le corps droit et d'aplomb, la ceinture en avant,
Les cuisses sur leur plat ; que la jambe pendante
Soit placée avec soin, la poitrine saillante.
Après les demi-tours, qu'il apprenne à marcher.
A croiser ses rênes il doit bien s'attacher.
Le bout du pied baissé, la tête aisée et libre,
Qu'il se maintienne au trot dans un juste équilibre ;
Puis qu'il repasse au pas pour prendre un bon aplomb :
Après enseignez-lui la seconde leçon.
Que dans un cercle exprès, sur une selle nue,
Au trot, sans étriers d'abord, il s'habitue ;
Et là, du trot au pas, souvent du pas au trot,
Mais se gardant toujours de prendre le galop,
Qu'il s'efforce lui-même et s'apprenne à bien faire.
Qu'il soit souple et hardi, mais non point téméraire.
Voulez-vous essayer d'arrêter ou partir?

Prévenez le cheval pour le faire obéir.
Dans tous vos mouvemens ayez la jambe prête :
Les poignets assurés, de peur qu'il ne s'arrête.
A droite, après à gauche, en changemens fréquens,
Enseignez au cheval à tourner en tous sens ;
Surtout soyez toujours soigneux de bien comprendre.
A la leçon troisième, allez enfin apprendre
A trotter en carré ; par quel étroit chemin,
A la leçon suivante, on parvient à la fin :
Mais avant d'arriver le sentier est aride.
Attachez tous vos soins à la main de la bride ;
C'est un point bien urgent pour le bon cavalier ;
Car alors il commence à chausser l'étrier,
Le bout du pied en haut, le talon vers la terre.
Que dans cette leçon il ait la main légère.
Qu'il apprenne avec soin, mais sans trop se presser,
A se mettre en colonne, ensuite à converser ;
Comment le second rang sur le premier s'aligne ;
A marcher un et deux, par quatre, mais en ligne ;
Les demi-tour à gauche, et toujours en marchant,
En doublant son allure, et même en galopant.
Après cette leçon il passe enfin en armes :
Plus il devient instruit, plus il trouve de charmes ;
Plus il doit prendre alors de goût pour les travaux.
Qu'il sache manœuvrer le harnais sur le dos,
Sabrer ses ennemis et se rendre terrible :
C'est par là qu'au combat il se rend invincible.
Mais surtout qu'à la charge il attache ses soins ;
Car pour le cavalier c'est le plus grand des points.
Qu'en tous sens il apprenne à se mettre en bataille,
A marcher en flanqueur, et comment on tiraille ;
A s'exercer enfin pour le champ du combat.
Suffisamment instruit des devoirs du soldat,
Qu'il sait tout ce qu'on fait dans la leçon cinquième,
Et qu'il a parcouru le champ de la sixième,
Alors à l'escadron, au nombre des guerriers,
Il ne lui reste plus qu'à cueillir des lauriers.
Mais déjà le signal des combats, de la guerre,
Vient ouvrir un champ libre à sa noble carrière ;
La Discorde ennemie, annonçant sa fureur,
Lui permet, sans tarder, de montrer son ardeur ;
On entend la trompette, et déjà la Victoire,
Pour couronner son front des lauriers de la Gloire,
N'attend plus que son bras, le faisant un héros,
Ait illustré son nom par d'éclatans travaux.

CHANT QUATRIÈME.

Toi qui, des bords du Xante aux champs de l'Ausonie,
A su conduire Énée auprès de Lavinie;
De l'amant de Didon as dépeint les malheurs,
Sa piété pour ses dieux, son courage et ses mœurs,
Et surtout les combats, d'un pinceau bien habile,
Dans ce champ si désert, sois mon guide, ô Virgile!
Aplanis devant moi ce sentier épineux;
Mon sujet est bien beau, mais il est dangereux!

Dans un sommeil profond, la Discorde ennemie,
Depuis long-temps déjà languissait endormie,
Et pendant son repos, jamais sur ses autels
N'avait brûlé l'encens des malheureux mortels.
Jetant à son réveil ses regards sur la terre,
Elle voit s'assoupir les horreurs de la guerre.
Furieuse, aussitôt vers ce prince aspirant
A conser ver le nom d'un père conquérant,
Se dirige en silence, et s'approchant du prince
Dévoré du désir d'agrandir sa province,
Elle inspire en son cœur la rage des combats,
Et souffle un même esprit dans l'ame des soldats.
Contente, se retire, et d'un vol plus rapide,
Prend un nouvel essor vers un nouvel Alcide,
Fier descendant titré du grand nom des Césars;
Mais elle est devancée : affrontant les hasards,
Le duc Albert de Saxe est sous les murs de Lille;
Au nom de l'empereur il a sommé la ville,
La menaçant du siége et du bombardement.
« Les Lillois ne pourraient parjurer leur serment,
» A répondu le maire; ils sauront se défendre,
» Ou périr sous leurs toits, croûlans, réduits en cendre. »

Cette noble réponse est du feu le signal.
Les boulets enflammés du canon infernal
Vont porter en tous lieux la mort et le ravage ;
L'incendie est partout. Mais, forts de leur courage,
Six mille hommes de pied et six cents cavaliers,
Réunis aux Lillois, pendant dix jours entiers,
Ont, soutenant le feu d'un ennemi terrible,
Montré que sans le nombre on peut être invincible.
Nos guerriers valeureux, mais presque défaillans,
Assiégés aujourd'hui, sont demain assaillans.
Après plusieurs combats, craignant une défaite,
L'ennemi dans la nuit avait fait sa retraite ;
Il s'était éloigné de Lille et ses remparts.
A l'aspect des secours venant de toutes parts,
Forcé de décamper et de Flers et d'Annapes,
Albert s'est emparé des hauteurs de Jemmapes ;
C'est là qu'il se prépare à de nouveaux combats.
Dumouriez commandait en chef à nos soldats.
L'ennemi sur ce mont, formé d'un triple étage,
Avait sur les Français un bien grand avantage ;
Cent pièces de canon, près de trente obusiers,
Apportaient dans nos rangs la mort à nos guerriers.
Cependant des Français les troupes avancées,
A vaincre ou bien périr paraissaient disposées.
L'armée est réunie à la voix de l'honneur.
Le signal est donné : déjà le tirailleur,
En ordre s'avançant, le cœur plein d'allégresse,
Va contre l'ennemi déployer son adresse ;
Et le coup de sa main, qui part, vole, et fend l'air,
S'enflamme en un instant, et part comme un éclair ;
Le métal aussitôt de l'arme meurtrière
Sortant avec fracas, fait mordre la poussière :
Dans les rangs ennemis nos braves ont accès,
Leurs efforts sont partout couronnés de succès.
L'infanterie avance, et le champ du carnage
Voit avec son talent déployer son courage ;
Tantôt à rangs serrés, tantôt en échelons
Se forment avec art nos savans bataillons ;
L'armée en un instant se meut et se déploie.
Tel d'un vol assuré le vautour sur sa proie
Fond et poursuit dans l'air les timides oiseaux,
Tels dans les rangs d'Albert s'avancent nos drapeaux.
La première redoute est d'abord emportée.
La baïonnette au poing nos preux l'ont enlevée ;
Des bataillons entiers succombent sous nos coups,
Leurs régimens surpris se sauvent devant nous.

Nos soldats fatigués se portent sur le centre,
C'est là qu'en un instant la force se concentre ;
Le centre cependant a cessé d'avancer;
Il est près un moment de se voir enfoncer.
Le fils de d'Orléans dans ce moment extrême
Rallia le désordre, et s'exposant lui-même,
Combattit pour la gloire et pour la liberté!
Surnommé par la loi le prince Egalité,
On dut à sa valeur le salut de l'armée.
Il doit de ce beau jour dater sa renommée.
A Jemmapes vainqueur, il était à Valmy,
Bon général alors, souverain aujourd'hui;
Ralliés par ses soins, reprenant l'avantage
Nos soldats étonnés sont au troisième étage
De ces forts de canons et d'obus hérissés,
Par eux les Autrichiens sont vingt fois terrassés,
Et reformés vingt fois, mais en vain et sans gloire.
Qui pourrait aux Français disputer la victoire ?
Leur déroute est complète et sous leurs étendards,
On ne voit bientôt plus que mourans et fuyards,
Et déjà, la déesse aux cent voix, cent oreilles,
Vole au loin publier nos hauts faits, nos merveilles,
La Renommée enfin va, planant dans les cieux,
Rédire des Français les exploits glorieux,
Et couronnant leurs fronts de la palme immortelle,
Aux peuples éloignés en porter la nouvelle.
Tous ont fait leur devoir dans ce jour de combat;
Pas un chef, quel qu'il fût, pas un simple soldat,
N'est resté, dans ce jour, un intsant en arrière,
Fantassins, cavaliers ont fournis leurs carrière.
Bruges, Mons et Tournai, Ath, Ostende et Nieuport,
Ont ouvert aux Français, dès le premier abord.
Poursuivant ses succès, de victoire en victoire,
Jourdan vient à Fleurus de se couvrir de gloire.
Pichegru, Madconald, Brune ainsi que Moreau,
Commandaient en Belgique, avec eux Augereau.
Les provinces de Gueldre, Utrecht et de Zélande,
Nous font leur soumission, et bientôt la Hollande.
Qui jamais le croira, que malgré leurs remparts,
Les vaisseaux hollandais sont pris par nos housards?
Millesimo, Lodi, Rivoli, Montenotte,
Grouchy, Leclerc, Berthier, Lassalle et Bernadotte.
Aboukir, Marengo, Zurich, Hohenlenden,
Soult, Rampon, Masséna, Murat et dEklengen,
Chaque nom d'un héros rappelle une victoire!
Chaque nom d'un combat, un souvenir de gloire!

Austerlitz, Friedland, Esling, Wagram, Jena,
Eylau, le champ sacré, Smolensk, la Moscowa,
A des noms si connus, on sent grandir son ame !
Sébastiani, Gérard, Lannes, Drouot, Vendamme,
Kléber, Desaix, Montbrun, Valhubert et Marceau,
Tous cinq au champ d'honneur, tombés sous leur drapeau.
Richepanse et Delort, Molitor, Beurnonville,
Ruault et Kengental, les défenseurs de Lille.
Lamarque et Montholon, le fidèle Bertrand,
D'Orsenne et Kellermann, Gouvion-Saint-Cyr, Friand,
Maison, Clausel, et Foy, Ney, par la renommée,
Doté du beau surnom de sauveur de l'armée.
Eugène encor si jeune et si profond guerrier.
Murat par sa valeur, de simple cavalier,
S'est élevé si haut, qu'il atteint la couronne.
Bernadotte, hier soldat, aujourd'hui sur le trône.
Moncey, Junot, Mortier, ces guerriers parvenus,
Sont tout par leur talent, leur bras et leur vertus ;
Mais de tous ces soldats de la nouvelle école,
Bonaparte est le chef, c'est le vainqueur d'Arcole !
Bonaparte ! à ce nom, je découvre ma tête !
Je m'incline aussitôt, et bientôt je m'arrête.
Ma tâche est accomplie à ce nom immortel !
Le héros de la France est l'homme universel !!!!!!